LES

DEUX NOVICES.

LES
DEUX NOVICES.

LES DEUX NOVICES,

POËME

En cinq Chants,

SUIVI

DE MON DERNIER CHANT, ET MON DÉLIRE AU LIT
DE MORT;

PAR P.***** DE LA V.******

RENNES,

JUL. FROUT, IMPRIMEUR-LIBRAIRE,
RUE DAUPHINE, N.º 10.
1815.

Par Prévost de la Voltais,
d'après Quérard)

◆◆

L'Auteur aux Lecteurs.

Mes chers Lecteurs, je vous avoue que
je serais assez content de moi, si mes vers
pouvaient vous amuser un instant, et très-peu
satisfait s'ils vous endormaient mal-à-propos.
Ce n'est pas pour vous, en général, que
j'entonnerais avec plaisir l'hymne assoupissant
du divin Morphée; c'est pour quelques-uns
de mes confrères, grands distillateurs d'ennui.
Combien de pauvres diables, afin de devenir
des Achilles en ce genre, se condamnent-ils
à passer leur vie seuls entre quatre murailles?
Là, se mettant l'esprit à la torture, ils bar-
bouillent plus de papier chaque jour, que la
chicane affamée n'en dévore durant le cours
d'une année.

Veuillez croire qu'en dépit de l'esprit de
vengeance, je n'ai pas recherché cette gloire
trop courue. Très-embarrassé quelquefois dans
mes veilles, et pour ainsi dire comme Tan-
tale, au milieu des trésors poétiques anciens
et modernes, j'osais invoquer les divins créa-

teurs de tant de merveilles ; je les priais
bien dévotement de laisser tomber sur mon
griffonnage une ou deux roupies de cet or
pur tiré des mines inépuisables de leurs cer-
veaux. Un simple soldat n'aiguisait-il pas son
épée sur le tombeau du grand Turenne? Ainsi
je tâchais de m'emparer d'une étincelle élec-
trique de ces vives lumières. Tout-à-coup,
soit l'effet d'une force surnaturelle ou celui
de l'illusion, les ténèbres épaisses qui enve-
loppaient mes idées se dissipaient; les faveurs
particulières que j'avais demandées avec tant
d'instances étaient accordées à mes vœux, et
ma muse se trouvant au milieu d'une route
semée de fleurs, marchait à grands pas vers
le terme de ses travaux.

Maintenant qu'une douce oisiveté me tend
les bras, je m'empresse de terminer ce discours, qui, s'il n'atteint pas le but que je
m'étais proposé, aura du moins l'avantage
de contribuer à grossir un peu le volume,

LES

DEUX NOVICES,

Poëme.

Chant Premier.

SALUT, Faunes légers, je viens sous vos auspices
Célébrer les amours de deux jeunes novices.
O Pan! fais retentir ton champêtre haut-bois,
Accompagne ma muse au milieu de ces bois!
Et toi, souverain Dieu du poétique empire,
Ah! daigne présider aux accords de ma lyre!
    Aux bords Armoricains, loin de toute cité,
S'élèvent d'un Couvent les murs inhabités:
On n'aperçoit autour que des terres désertes,
Et d'îles et d'écueils des mers toutes couvertes.
Tout inspire en ces lieux la tristesse et l'horreur;
Là, venaient s'enfermer les Vierges du Seigneur.

Simone y fut abbesse et sa sainte mémoire
Aux environs encor se conserve avec gloire.
Florissait auprès d'elle un pieux Chapelain
Autant chéri de Dieu que du peuple Nonnain.
Le sacristain Antoine, homme d'expérience,
En qui nombre de sœurs mettaient leur confiance,
Partageait les travaux de cet ami de Dieu
Et brûlait comme lui d'un Angélique feu.
La mère Alix d'abbesse en attendant le titre,
Avait au vieux couvent aussi voix en chapitre,
S'attirait le respect par son austérité,
Tenait entre ses mains toute l'autorité,
Et conduisait Simone ainsi qu'une novice ;
Mais elle était sur-tout plus dure qu'un cilice
Envers deux jeunes Sœurs dignes d'un sort heureux,
Adèle et Louisa novices dans ces lieux.
Au chevalier la Lande elles devaient la vie :
Ce preux l'avait perdue en servant sa patrie,
Et leur mère Joland en pleurant son époux ;
Leur frère aussi de Mars avait reçu les coups.
    Alix les tourmentait d'une sainte manière ;
Le monde, disait-elle, existe au monastère.
Changeons ses mauvais plis lorsqu'il est jeune encor ;
Tâchons de l'empêcher de prendre un libre essor ;
Etouffons, s'il se peut, le germe de ses vices,
Et sans nulle pitié punissons ses malices.

Cependant les deux Sœurs souffrantes sous ses lois,

Par quelques traits piquans se vengeaient quelquefois.

Leur fléau à grands cris dans ces prisons pieuses,

Convoquait aussitôt les vieilles bilieuses,

Exposait les griefs devant le tribunal

Et dans tous ses rapports exagérait le mal.

Ces juges féminins armés de longs Rosaires,

Ecoutaient gravement, ridaient leurs fronts sévères,

Des coupables en pleurs examinaient les faits,

Et prononçaient toujours de rigoureux arrêts.

Les deux Sœurs, quelquefois usaient de représaille.

Alix un certain jour sur la sainte muraille

Croyant apercevoir quelques pieux tableaux,

S'approche et reconnaît l'œuvre de leurs pinceaux.

C'est son visage affreux, c'est elle peu flattée :

Eu différens endroits elle est représentée

Avec un nez énorme et le menton barbu ;

Ailleurs elle est camarde et son front est cornu :

On la méconnaîtrait peut-être à son image,

Si le nom n'était pas sous chaque personnage.

La farouche Nonnain se pâme de fureur ;

On l'entend s'écrier : ah ! grand Dieu, quelle horreur !

Sa colère jamais n'avait été plus forte.

Elle s'entoure encor de sa vieille cohorte,

Et faisant retentir sa glapissante voix,

Elle se plaint ainsi de ses nouvelles croix :
Mes vénérables Sœurs, voyez quelle infamie !
On se moque de moi d'une manière impie ,
Jusque devant vos yeux on rit à mes dépens ;
Nous avons élevé parmi nous deux serpens ,
J'entends leurs sifflemens sans cesse à mon oreille ;
Je crains leurs doubles dards même quand je sommeille.
Je leur pardonnerais malgré tous vos avis ,
Si les noms de nos Saints n'étaient pas compromis.
Offenser les Elus ! c'est offenser Dieu même.
On entend à ces mots, anathème ! anathème !
On inflige aux deux Sœurs une punition.
Alix leur donne ainsi sa malédiction :
Dans l'âge de l'hiver je me vois avancée,
Mes Sœurs, et votre enfance est à peine passée ;
Que seront devenus vos charmes séduisans
Quand vous aurez compté le nombre de mes ans ?
De laideur, suivant vous , mes traits sont des modèles ;
Vous aurez votre tour , vous qui vous croyez belles !
Et si le ciel vengeur daigne exaucer mes vœux,
En des ruisseaux de pleurs se changeront vos yeux.
Songez en attendant à votre pénitence.
    Simone les prêchait en prenant leur défense.
Alix vous aime au fond , leur disait-elle , un jour ;
Tâchez de mériter désormais son amour.

Pensez que vous devez au pieux Monastère
Vous consacrer bientôt au jeûne , à la prière.
Messire de Penmar , votre honoré Tuteur,
En me chargeant de vous, me dit avec douleur :
Unissez pour jamais à Dieu ces deux jumelles ,
Leur mère en expirant forma ce vœu pour elles.
Leur fortune est en proie à mille créanciers,
Donnez-leur un asile au sein de vos foyers ;
Qu'elles trouvent ici la maison de leur père !
Qu'elles trouvent en vous une seconde mère !
De vos parens , mes Sœurs , telle est la volonté ,
Du Ciel qui conduit tout bénissez la bonté.
En ces lieux, pour la vie , il vous offre un asile ,
Montrez à ses desseins toujours un cœur docile.

L'Amour fin connaisseur forme un autre projet:
Autant de ce lieu Saint le séjour lui déplaît ,
Autant il est charmé de Louise et d'Adèle ;
Il attend le moment de leur montrer son zèle.

Une vaste forêt joignait le Saint Manoir ;
Le petit Dieu malin les y voyant un soir
Avec les autres Sœurs, à l'ombre du feuillage ,
Prend la forme d'un cerf qu'en ce pays sauvage
Chassaient deux Chevaliers au son bruyant du cor.
C'était le jeune Edmond et son ami Bremor.

Elevés dans les camps, au milieu des alarmes,

Ils étaient de la paix venus goûter les charmes,
A Nantes, où restaient leurs pères et la Cour;
L'Amour les attendait près du pieux séjour.
La demeure d'Edmond était vers cette plage;
A visiter ce lieu Diane les engage.
Leurs coursiers galopant avec rapidité,
Traversent des Nantais l'opulente cité,
Abandonnent ses murs, sa vineuse campagne,
Et vont gravir les monts de la Basse-Bretagne.
Edmond découvre enfin les tours de son Manoir,
Ses Sujets rassemblés viennent le recevoir,
Sur la vaste esplanade ornée et balayée,
Tambour battant au champ, bannière déployée;
Les Notables, le Maire et le Clergé savant,
Le bonnet à la main, sont dix pas en avant.
Un habile Orateur commence une harangue;
Mais il perd tout-à-coup l'usage de la langue.
Mes amis, dit Edmond, ne soyez pas confus,
L'intention suffit, je ne veux rien de plus:
Bien d'autres n'ont rien dit en voulant trop bien dire,
Faisons mieux, allons tous boire, chanter et rire.

Cependant les piqueurs dès l'aube du matin,
Trouvent le pied du cerf dans le taillis voisin.
Des chasseurs diligens la troupe est bientôt prête,
Trois relais sont placés, dix chiens lancent la bête.

On l'avait reconnu au pied cerf de dix corps ;

L'animal s'épouvante au premier bruit des cors ,

Quitte l'épais taillis, et franchissant la plaine ,

Va se remettre au gîte en la forêt prochaine.

Là , des chiens attentifs les relais attachés ,

Pour voler sur ses pas sont tour-à-tour lâchés ;

Mais le dieu de l'Amour à sa place débuche ,

Il avait., on le sait , préparé cette embûche.

Ayant mis aux abois les piqueurs et les chiens ,

Il mène nos héros au milieu des Nonnains ,

Qui rentrent dans le parc à travers les ruines

Des antiques remparts tout hérissés d'épines.

Edmond pour Louisa sent palpiter son cœur ;

Et Bremor pour Adèle éprouve autant d'ardeur.

Hélas ! trop promptement elles sont disparues !

A leurs vœux quelque jour seront-elles rendues ?

Déjà près du Couvent elles hâtent leurs pas ,

Le lévrier léger ne les atteindrait pas.

Telle devant un loup qui la suit et la presse ,

La biche s'abandonne à toute sa vîtesse.

La frayeur les précède, en jetant de grand cris ,

Alerte, disait-elle, ah ! gare aux ennemis !

Voyez derrière nous s'élever la poussière.

Abbesse et Chapelain , déployez la bannière ;

Armez-vous de vos croix et de vos chapelets ;

Fermez à double tour et grilles et volets.

Le Pasteur sans répondre à la voix qui l'appelle,
Va se tapir au fond d'une sombre chapelle.
Les Nonnes accourant avec rapidité,
Espérant près de lui trouver la sûreté,
Sous son aile bientôt arrivent a la file.

Simone y montre seule un visage tranquille :
Mes chères Sœurs, dit-elle, en grace écoutez-moi !
Ne livrons pas nos cœurs à ce funeste effroi.
Un Archange sur nous étend ses saintes ailes,
Il protège de Dieu les épouses fidèles.
Dans le moindre danger notre extrême frayeur
Annonce peu de foi dans les soins du Seigneur.
Sous les drapeaux du Ciel nous n'avons rien à craindre,
Les armes de l'enfer ne peuvent nous atteindre.

Ah! mes Sœurs, dit Alix, en fronçant le sourcil,
Ne vous endormez pas au milieu du péril !
Pour conserver un bien préférable à la vie
Trop de précaution n'est pas une folie.
Le démon n'est pas loin, je connais ses détours.

Et moi, dit le Pasteur, je vous tiens lieu de tours,
Avec mon aspersoir qui toujours vous protège,
Mon bras de ce Couvent fera lever le siége.
Autour de votre appui pressez-vous donc, mes Sœurs,
Ne vous privez jamais de mes soins protecteurs

Et vous résisterez aux affreuses tempêtes
Qu'excite contre vous un hydre à mille têtes.

Il dit et se rassure. Alors chaque Nonnain
Reçoit de ce bon père un regard tout bénin,
D'autant plus consolant que sa prunelle sainte,
Naguère au sein des pleurs nageait pleine de crainte,
Et que le tremblement de son triple menton,
Aux cœurs épouvantés n'annonçait rien de bon.
Mais la sérénité renaît sur son visage,
Rien ne peut désormais ébranler son courage.
Après un long repas il va se mettre au lit,
Le sommeil le plus doux le berce et l'assoupit,
Et dans tout le Couvent se répand et circule ;
Le silence le suit de cellule en cellule.

Mais pendant que les Sœurs et le bon Chapelain
Des pavots soporeux goûtaient le jus divin,
Les deux Chasseurs suivaient une route incertaine
Au milieu des forêts noires comme l'ébène.
Triomphez, dit l'Amour, ô divine Cypris !
Ils espéraient nous prendre et nous les avons pris :
Allons guider leurs pas au pieux Monastère.
Sa torche lumineuse aussitôt les éclaire,
Pour eux il applanit la route des forêts ;
Les chevaux harassés deviennent vifs et frais.
Aux yeux des deux Chasseurs le Couvent se présente ;

Mais des grilles de fer trompent leur douce attente ;
Le solide portail est bien barricadé,
Et le mur est trop haut pour être escaladé.
Mes amis , dit le Dieu , sans ces grilles fatales ,
Nous allions cette nuit enlever les vestales.
Consolez-vous : nos pas ne seront point perdus ;
Nous n'en mettrons pas moins en défaut les argus.
Attendez mon retour, je vais voler chez elles ,
Je vais les embrâser des flammes les plus belles.
Il s'élance, et soudain au Dieu des doux pavots ,
Avec un air contrit il adresse ces mots :

Toi , qui durant la nuit règne en ce Monastère ,
Sommeil, donne un asile à ton malheureux frère !
Aimable deïté , prends pitié de mon sort ,
De fatigue et de froid je suis à demi-mort.
Depuis un siècle au moins je voyage et je veille ,
En ces paisibles lieux permets que je sommeille.
Pourrais-tu me laisser expirer devant toi ?
Non , de l'humanité ton cœur connaît la loi ,
Et la compassion paraît sur ton visage ;
Sauve-moi, sauve-moi du funèbre rivage.

Viens , jeune infortuné , lui répond le Sommeil,
Que ne puis-je long-temps écarter ton réveil ,
Je vais guider tes pas , sur-tout marche en silence ,
Viens dans mon sanctuaire éprouver ma puissance,

En

En ces lieux écartés tout t'engage au repos ;
Tes yeux depuis cent ans n'ont pas vu mes pavots ?
Il est juste qu'enfin après tant d'insomnie ,
Tu goûtes le bonheur le plus doux de la vie,
Laisse ces traits ; cet arc dont tu n'as pas besoin ;
Dors près d'une Novice et ne prends autre soin ;
Mais garde-toi qu'ici le jour ne te surprenne ,
Ce toit religieux n'est pas de ton domaine.
On t'y hait , on t'y craint , ton nom même y fait peur ,
Ton aspect y mettrait soudain tout en rumeur.
Sois tranquille pourtant ; la matinale cloche
Des premiers feux du jour t'annoncera l'approche.
Ah ! jusqu'à ce moment puisses-tu n'éprouver
Que mon charme divin facile à retrouver !

L'Amour laisse ce Dieu dupe de son mensonge ,
Sous la voûte du Cloître il entre comme un songe,
Il traverse d'abord un immense parloir ,
L'escalier tortueux le conduit au dortoir.
Au milieu de la nuit en silence il se glisse ,
Et va légèrement de novice en novice ;
Enfin , sans réveiller nulle d'elles , dit-on ,
Et des songes dévots perçant le peloton ,
Il parvient à l'alcôve où repose sa proie ;
Son visage enfantin est rayonnant de joie.
L'attente du plaisir fait palpiter son cœur,

Sa main fait droit au but voler un trait vainqueur.

  Par ce dard enflammé les deux Sœurs éveillées ,
Sur leurs couches long-temps sont vivement troublées ;
Le sommeil ne peut plus s'approcher de leurs yeux ;
Il trouve de l'Amour le tour ingénieux ;
Mais le réveil des Sœurs l'inquiète et l'irrite ,
Bientôt à se venger l'Amour-propre l'invite.
Ne t'en prends point , dit-il , à sa légèreté ,
Il est pétri d'orgueil et de méchanceté.
A tes dépens sans doute à présent il s'amuse
Et croit tirer parti de sa nouvelle ruse ;
Pour le désabuser montre-lui tes moyens :
S'il a des traits ailés , n'as-tu pas des liens ?
Craindrais-tu cet enfant , quand le Dieu du Tonnerre
N'oserait, ô Sommeil ! te déclarer la guerre ?
Plus beau que Cupidon tu seras le plus fort ;
Sommeil , non , tu n'es point l'image de la mort ,
La brillante santé paraît sur ton visage ,
Si la Nature vit, n'est-ce pas ton ouvrage ?
Tu rafraîchis les bois , les hommes et les fleurs ;
La rose dans ton sein retrouve ses couleurs ;
Tout jouit de tes dons , on te désire , on t'aime ,
L'Amour même sans toi se détruirait lui-même.
Privé de tes secours le Pasteur amaigri
Ferait de plus d'un point rétrécir ses habits.

Les charmes séduisans de ces jeunes novices
Se faneraient bientôt sans tes heureux services.
Notre ennemi pourtant fait palpiter leurs seins,
Et pour les arracher de tes divines mains,
Il surprend ton bon cœur, il se sert de tes armes
Et fait devant tes yeux couler de fausses larmes.
Je suis la dupe aussi de ses pièges adroits,
Tous les jours pour me nuire il emprunte ma voix.
Les Sœurs !.. je m'y connais, oui, ce Dieu les inspire !
Mais on revient toujours à ton aimable empire,
Et ton sceptre charmant replonge dans l'oubli
L'Amour et ses chagrins, ainsi que son ennui.
J'ai su de tes bienfaits jadis plus d'une histoire,
Celle-ci se présente à ma faible mémoire :

  Souvent dans un ruisseau la bergère Philis
Contemplait de son teint les roses et les lis ;
Des filles du village elle était la plus belle,
Aux fêtes, en tous lieux on ne regardait qu'elle,
Et pour l'en assurer, d'accord sa mère et moi,
Nous lui disions, Philis, on n'admire que toi ;
Chacun vante ta grace et ta fraîcheur extrême.
La belle devenait amante d'elle-même ;
Mais, bientôt m'oubliant elle écouta l'amour,
Et tu fus négligé, doux Sommeil, à ton tour ;
Elle éprouva deux nuits une dure insomnie ;

Deux jours furent donnés à la mélancolie.

   Elle dirige enfin ses pas infortunés

Vers les brillantes eaux où ses yeux étonnés

Cherchant à découvrir une gentille image ,

N'aperçoivent hélas ! qu'un pâle et long visage.

Où sont allés déjà son éclat , sa fraîcheur ?

De sa bouche vermeille où donc est la coüleur ?

Ces charmes ne sont plus ; elle est méconnaissable.

Ah ! s'écria Philis , que je suis miserable !

Les pleurs suivent de près ces accens douloureux ,

Je l'aide à repousser son amour malheureux.

Doux sommeil tu reviens, tu la caresses encore ,

Tu lui rends la fraîcheur et les graces de Flore ;

Son œil s'ouvrant au jour après un long repos,

Ne se méconnaît plus dans la glace des eaux.

La bergère à l'instant me voit et me rappelle ;

Plus belle que jamais elle n'aima plus qu'elle.

Elle a toujours depuis méprisé mon rival :

Puisses-tu comme moi dompter ce Dieu fatal !

Dans une coupe amère à longs traits fais-le boire.

Je vais , répond Morphée , où m'appelle la gloire,

Mes drapeaux son levés , je marche sans tambour

Pour tâcher de surprendre et de vaincre l'Amour.

Chant Deuxième.

Mais l'Amour près des Sœurs ayant caché sa tête,
Se faisait un rempart de sa douce conquête
Et jugeait de l'effet de ses traits inhumains ;
Privé de la lumière il usait de ses mains,
Lorsqu'avec grand fracas dans la sainte demeure,
Des Matines trois fois la cloche annonça l'heure.

Le petit Dieu malin, fait retraite à ce bruit.
Nos héros de ses soins goûteront-ils le fruit ?
Tromperont-ils un jour les argus des novices ?
Le froc passe partout : Edmond sous ses auspices,
Veut jusqu'au vieux Couvent se frayer un chemin,
Bremor plein d'espérance approuve ce dessein.
Il doit, pendant qu'Edmond conduira cette intrigue
Et trompera les yeux de la bigotte ligue,
Chez son fidèle ami résider quelques jours,
Puis avec deux coursiers venir à son secours.

Ils rejoignent enfin au lever de l'Aurore
Leurs piqueurs, qui soufflant dans la trompe sonore,
Réveillaient des forêts les sauvages échos.

Bientôt le Dieu du jour paraît sur les coteaux.
Les oiseaux s'animant au milieu du feuillage,

2***

Chacun à sa façon lui rendent leur hommage,
Les uns de sons divins font retentir les airs,
Les autres plus nombreux forment d'aigres concerts,
Tandis que le hibou toujours ami de l'ombre,
Ferme ses yeux hagards en sa demeure sombre ;
Que le cerf, le chevreuil, et le loup carnassier,
Daim, lièvre, blaireau, renard et sanglier,
Tous ennemis de l'homme et de la dépendance,
Sous la voûte des bois rentrent avec prudence,
Ayant tiré parti de l'absence du jour
Aux dépens des fermiers et bergers d'alentour.
Sur la rosée encore on découvre leur trace,
Tous les chiens sont au bois ; chaque chasseur se place.
Un loup se dérobant au premier bruit du cor,
Vient passer et tomber sous les traits de Bremor ;
Mais le cerf malmené s'élance de son gîte,
Rien ne peut le sauver, ni sa rapide fuite,
Ni ses nombreux détours, ni l'épaisseur des bois :
Enfin, serré de près, l'animal aux abois
Ne pouvant plus fournir à sa trop longue course,
Se jette dans les eaux, sa dernière ressource ;
Ses yeux versent des pleurs, il gémit, c'est envain ;
Bientôt un air cruel annonce au loin sa fin.
La meute valeureuse et sensible à la gloire,
Reçoit au bruit du cor le prix de sa victoire,

Et vers la fin du jour après d'autres exploits ,
Elle quitte Diane et rentre sous ses toits.
Les Chasseurs fatigués passent le soir à table ,
Ensuite à leur repos Morphée est favorable.

  Mais Edmond reveillé dès l'aube du matin ,
Sur les pas de l'Amour se remet en chemin ,
Une barbe postiche ombrage son visage ,
D'un vieil Anachorète il a l'humble équipage,
Il suit long-temps des bois les tortueux sentiers ,
De la sainte clôture il franchit les halliers ,
A cette heure où Phébus sur la plaine de l'onde ,
Excite ses coursiers à la crinière blonde.
Alors , de sa bésace Edmond tire un pain bis ,
De la faim dévorante il appaise les cris ;
L'eau claire d'un ruisseau s'offre et le désaltère ,
Et dans le creux d'un roc le Sommeil salutaire
L'appelle , le retient et lui ferme les yeux ;
C'était-là qu'il guettait le plus malin des Dieux ,
Cupidon , qui l'évite et fuit d'une aile agile ;
Le Sommeil le poursuit et l'atteint dans son île ,
Le saisit et l'enchaîne au milieu des bosquets
Dont le charmant feuillage ombrage son palais,

  Au retour du soleil Edmond l'âme inquiète,
Se promène à l'entour de sa sombre retraite.
Avec plaisir , dit-il , je passerais mes jours

2****

Ici, près de ma belle et du Dieu des Amours ;
Que je serais heureux à mon petit ménage !
Rien ne nous manquerait, tout nous rendrait hommage ;
De gibier et de fruits ces bois nous fourniraient ;
Les eaux de ce ruisseau nous désaltereraient ;
Tout notre mobilier serait un lit commode,
Une table et deux bancs, pour nous toujours de mode.
Exempt de toute peine ici je serais Roi,
Ma femme et mes enfans régneraient comme moi ;
Mon unique sujet serait mon chien fidèle,
Le jour chasseur, la nuit bruyante sentinelle.
Ainsi qu'un Patriarche à la fin de mes ans,
Je verrais tous ces bords peuplés de mes enfans.

Cependant quand des bois Io cherche l'ombrage,
Il part, impatient d'achever son ouvrage ;
Il s'avance à grands pas, l'espoir est dans son cœur ;
Mais auprès du Couvent il sent quelque frayeur,
L'irrésolution le ramène à son gîte ;
Il en sort de nouveau : tout le trouble et l'agite ;
Il change en un moment mille fois de dessein,
Et de tant de projets il ne résulte rien.
Ainsi, durant le cours d'une pluie abondante,
On voit se succéder sur une onde dormante
Les balles qu'avec l'air forment les gouttes d'eau,
L'orage se dissipe et l'onde est de niveau.

Bremor, non moins épris que son ami fidèle,
Brûlant de le rejoindre et de revoir Adèle,
Avait passé le jour et la nuit sans sommeil :
Il montait à cheval au lever du soleil.
Les rayons lumineux de ce Dieu magnifique,
Frappent du vieux Castel la façade gothique,
Et le haut des remparts couronnés de créneaux
Que le fossé profond refléchit dans ses eaux.
Les troupeaux bondissans sortant des bergeries,
Allaient tondre et fouler le gazon des prairies ;
Les amis de Cérès, diligens et joyeux,
Retournaient s'occuper de leurs travaux heureux,
Qui, comme les saisons recommencent sans cesse.
Humble cultivateur ! la peine, la tristesse
Et les désirs chagrins ne logent point chez toi,
Disait Bremor, hélas ! tous ces maux sont pour moi !
Riche de ces présens que t'offre la nature,
Tu trouves l'âge d'or en ta cabane obscure ;
Et l'amour qui pour nous est un cruel tourment,
N'est pour toi qu'un facile et doux amusement.
Mon cœur infortuné n'éprouve point ses charmes ;
Il végète au contraire au milieu des alarmes,
Se nourrit de soupirs et d'ennuis en ce lieu,
Depuis l'instant fatal où j'ai connu ce Dieu ;
Mais sachons aujourd'hui s'il est quelque espérance :

Sur l'un de ses coursiers, à ces mots, il s'élance.

Celui de son ami se cabre sous sa main ;

Il part impatient d'apprendre son destin.

La route du Couvent est longue et peu battue,

Un autre au sein des bois ayant trompé sa vue

A l'heure où le soleil va perdre sa clarté,

Lui fait tourner le dos à la Communauté,

Et le mène, en suivant de fertiles campagnes

Et d'arides déserts hérissés de montagnes,

Au pied d'un vieux château flanqué de quatre tours,

Où suis-je, dit Bremor, en traversant les cours?

Echo seule répond dans l'enceinte déserte,

La muraille par-tout est de lierre couverte ;

S'approche de ses murs un homme à cheveux blancs,

Qui d'un bâton d'épine aide ses pieds tremblans.

C'est le fermier voisin accablé de vieillesse,

Son cœur depuis long-temps est navré de tristesse.

Bremor s'est avancé vers cet homme de bien :

Du Couvent, lui dit-il, je cherche le chemin,

Et mes pas égarés s'en éloignent sans doute.

Sire, dit le fermier, reprenez cette route;

Jusques à la forêt retournez sur vos pas ;

Mais sans m'entendre encor ne vous éloignez pas :

Si de la prison sainte on vous ouvre les grilles,

Veuillez rendre à nos vœux deux Novices gentilles,

Filles d'un Chevalier mort au champ de l'honneur,

La Lande était son nom, c'était notre Seigneur.

De ce brave en ces murs la tombe est élevée ,

Sur le marbre à ses pieds sa devise est gravée ;

En mille occasions il signala son bras ,

La Bataille des Trente, hélas! vit son trépas :

Cette fin fut au moins digne de son courage ;

Mais ses enfans depuis vivent dans l'esclavage.

Bremor entre ses bras serre le bon vieillard :

Ce sont elles, dit-il , ah! quel heureux hasard !

Fidèle serviteur , triste de leur absence ,

Vous les verrez encore, ayez-en l'assurance ,

Et pour les recevoir préparez au logis ,

Un champêtre festin , des chambres et des lits.

Tout le pays apprend cette heureuse nouvelle ,

Qui s'augmente, et toujours volant à tire-d'aile ,

Va porter à Penmar le chagrin et l'effroi :

Mon fils, dit ce Seigneur, quelle perte pour moi !

Des grilles du Couvent les Novices sauvées,

Sous le toit paternel sont, dit-on, arrivées.

Aucuns liens sacrés n'ont pu les retenir ,

Dans la rebellion on veut les soutenir.

Quel coup pour ton épouse et sur-tout pour ta mère !

Elles vont partager notre douleur amère;

Mais de nos cœurs guerriers suivons l'heureux penchant,

Que chacun au combat s'apprête sur le champ ;
Il faut que l'ennemi meure ou cède la place.
A moi mes gens, à moi Sans-Peur mon garde chasse ;
Venez, accourez tous, préparez vos coursiers ;
Equipez-vous, allons mériter des lauriers.

Après avoir bien bu, maîtres et domestiques,
S'arment de boucliers, de sabres et de piques,
Que la rouille et le temps rongeaient dans l'arsenal,
Sans même respecter leur état virginal.
Cette brillante troupe en deux corps se partage
Et demande à marcher contre Rome ou Carthage ;
Les chefs de grande taille et de mince valeur,
Armés jusques aux dents montrent la même ardeur.
Leurs moitiés, de Bellone éprouvant la furie,
Viennent les haranguer jusque dans l'écurie ;
On les reçoit fort mal ainsi que leurs propos,
Penmar fils les engage à rester en repos,
L'autre ouvrant une bouche au moins large d'une aune,
Apostrophe aigrement l'une et l'autre Amazone.
Devant le pont-levis il range ses piquiers,
Son fils le suit de près avec ses Cavaliers :
Halte, dit le Tuteur, en agitant sa lance,
Que chacun reste en place et m'écoute en silence :
Il s'agit, mes amis, de défendre mes droits,
De savoir si quelque autre ici fera des lois,

Et de rendre au Couvent deux Nonnes échappées.
Sur mes propriétés ces belles sont campées
Avec des gens sans nom, au vol accoutumés,
Par qui tous mes troupeaux et mes champs sont dîmés.
Enfans, sur ces bandits tombons à l'improviste
Et frappons de grands coups si quelqu'un nous resiste.
Il dit, on l'applaudit, et tous, jeunes et vieux,
Lui jurent à la fois de faire de leur mieux.
C'est à qui le premier tentera l'escalade;
On demande en partant encore une rasade.
Une nouvelle Hébé verse des flots de vin,
La coupe dans les rangs passe de main en main.
Au milieu d'un tonneau, Mars quelque fois réside,
Bacchus dans les combats souvent aussi préside;
Ces Dieux suivent ici les mêmes étendards
Avec l'avidité qui dans les champs de Mars,
Fait paraître et briller par fois un beau courage.
   Bremor s'acheminait sans craindre cet orage,
Il prévoit que son père un des vieux Chevaliers,
Aura connu la Lande et ses travaux guerriers;
Qu'il dira : viens, mon fils, ah ! viens que je t'embrasse !
Tu ne pouvais choisir une meilleure race;
J'étais là quand ce chef tomba sur son écu,
L'ennemi courageux en champ-clos fut vaincu;
L'intrépide Brembro, fameux homme de guerre,

Et tous ses Chevaliers furent couchés par terre;
Ce jour vit moissonner l'élite d'Albion,
Et succomber aussi plus d'un guerrier Breton;
Mais le sort de ces Preux est bien digne d'envie,
La mort, au champ d'honneur, vaut l'éternelle vie.
La Lande combattait vaillamment et de près,
Il ne s'arrêtait pas à décocher des traits,
C'était un Duguesclin; ses redoutables armes,
Ont fait couler jadis bien du sang, bien des larmes,
Et s'embraser souvent des funèbres bûchers;
Lui seul défit un jour plus de deux cents Archers.
Où trouver maintenant un Chevalier semblable?
Le monde dégénère et devient misérable.

Bremor ainsi chassait l'ennui de son chemin;
Il dit à ses chevaux qu'il flatte de la main :
Beaux coursiers, qui volez quand la trompette sonne,
Qui n'êtes pas moins prompts lorsque le cor résonne;
Affronter l'ennemi, mettre un cerf aux abois,
Ce sont des jeux pour vous, on connaît vos exploits;
Mais vous allez ternir l'éclat de vos services,
Si vous n'enlevez pas ce soir les deux Novices.
Diane vous donnait des ailes l'autre jour,
Voyons si vous courez aussi bien pour l'Amour;
Redoublez vos efforts et votre diligence;
Sur son obscur char déjà la nuit s'avance,

Dès grilles du Couvent j'entends les gonds crier
Et le dévot Cerbère alentour aboyer.

Il dit, et se promet de franchir les obstacles;
De l'Amour magnanime on connaît les miracles:
Pirame enfonce un mur; Léandre sans bateau,
S'abandonne la nuit à la fureur de l'eau;
Orphée, ami des Dieux, descend jusqu'au Ténare,
Et touche de Pluton, l'âme dure et barbare.
Bremor s'il le fallait aussi dans les Enfers,
De l'objet de sa flamme irait briser les fers.

Chant Troisième.

Enfin le rejeton de la tendre Déesse,
S'était débarrassé du Dieu de la paresse.
Son feu conduit les Sœurs auproche d'un ruisseau
Qui, près du jeune Edmond fait murmurer son eau.
Tous les invite au bain : Zéphir est sans haleine,
Et la chaleur du jour échauffe encor la plaine ;
L'onde fraîche et limpide offre un fond sabloneux
Le feuillage des bois les cache à tous les yeux.
Le ruisseau les reçoit ; ses ondes caressantes
Imitent de leurs corps les formes séduisantes.
Que de charmes divins ! que de naissans attraits !
Nayades de ces eaux, Nymphes de ces forêts,
Voyez si pour chacun le miroir est fidèle ;
Admirez à la fois l'image et le modèle.

Edmond les aperçoit de son gîte voisin,
La joie et le désir font palpiter son sein ;
Il écarte sans bruit les joncs et le feuillage
Et jusqu'au bord de l'onde il se fraye un passage.
Ainsi brûlant d'amour, un imprudent Chasseur,
D'une beauté céleste offensa la pudeur.

Pour

Pour elle et pour les siens, Diane en sa jeunesse
Craignant les traits ailés du Dieu de la tendresse,
Dans ses états, dit-on, fit annoncer un jour,
Que quiconque oserait goûter plaisir d'amour,
Ou même l'essayer, (crime non moins énorme),
D'une biche ou d'un cerf prenant soudain la forme,
Serait à belles dents dévoré par les chiens.
Chaque Amant effrayé quitte ses doux liens ;
Mais le jeune Actéon endurci dans son crime,
De sa témérité devait être victime.
Le séduisant objet de ses coupables feux,
Se doute de sa flamme et rejette ses vœux.
Hélas ! l'infortuné, cette beauté qu'il aime,
Et qu'il devrait haïr, est Diane elle-même.
Un soir au fond des bois, sur le bord d'un étang,
Embrasé de désirs il se cache et l'attend ;
Là, quand le Dieu du Jour va terminer son règne,
La belle chasseresse et se lave et se baigne ;
Ses farouche limiers se tiennent à l'écart,
Diane, de Phébus craint même le regard.
Sur la rive fleurie elle a posé ses armes,
Et le léger tissu protecteur de ses charmes ;
Chacun de ses appas mérite des autels,
Actéon en repaît ses regards criminels.
Arrête, malheureux ! quelle est ta hardiesse ?

3

Crains de cette beauté la fureur vengeresse !
Mais il n'écoute rien que sa trop vive ardeur,
Il veut voir de près cet objet enchanteur ;
Et la pudeur blessée assouvit sa vengeance.

Ce désir livre Edmond à la même imprudence.
Ah ciel ! dit Louisa, dois-je en croire mes yeux ?
J'aperçois sur ce bord un fantôme hideux.
A ces mots effrayans les Sœurs épouvantées
Sortent en même temps des ondes agitées.
Edmond s'exprime ainsi pour calmer leur effroi :
Séduisantes beautés , ne craignez rien de moi.
Accueillez un vieillard , un pauvre Anachorète
Qui marche sur les pas de Saint-Jean le prophète.

Mais les Sœurs en fuyant reprennent leurs habits,
Et bientôt on apprend au mystique logis
Qu'un envoyé du Ciel habite au voisinage ,
A l'instant on s'assemble, on vole à l'Ermitage :
L'intrépide Pasteur, le Chantre, le Bédeau
Et le bon Sacristain suivent le Saint Troupeau.
L'Ermite à leur abord se courbe jusqu'à terre ;
Lui rendant le salut, Simone dit : mon Père ,
Au milieu de nos bois soyez le bien venu ,
Votre rare savoir nous est déjà connu ;
La parole de Dieu se tient en votre bouche,
Laissez-la s'échapper , afin qu'elle nous touche ;

Faites-nous recueillir ses fruits sanctifians ;
Passez auprès de nous vos jours édifians ,
Et veuillez nous guider , s'il vous est agréable ,
Dans la divine voie, hélas! peu pratiquable.

Madame , dit Edmond, votre humble serviteur
Ne vous répondra point par un discours trompeur :
De diriger vos pas je me sens très-peu digne ,
Un autre vers les Cieux vous mène en droite ligne,
Loin de prétendre ici vous conduire au salut ,
J'espère en vous suivant parvenir à ce but.

Simone lui rend grace et quitte l'Ermitage ,
Edmond au Saint Troupeau souhaite un bon voyage;
Alors tout lui sourit. Tel est l'heureux buveur,
Quand du jus de la treille il ressent la vapeur,
Son verre et son flacon sont des miroirs magiques;
Où se passent pour lui des scènes pathétiques :
Au sein de son ivresse un prestige divin
Lui fait verser des pleurs et de joie et de vin,
Et de légers esprits s'élevant en fumé ,
Figurent le bonheur à son âme charmée.

Alors chemin faisant, le violent Pasteur
Sent se former et croître au milieu de son cœur
Un étrange courroux contre le Solitaire ,
La colère l'étouffe , il ne peut plus se taire ;
Il s'approche d'Alix , et lui tient ce discours :

3**

C'en est fait du Couvent aussi de mes beaux jours !
A cet aventurier Simone se confie,
Et de gaieté de cœur elle me sacrifie ;
Mais qui peut m'empêcher d'écraser ce mortel ?
Ne vient-il pas ici m'adresser un cartel ?
Resister à mon bras, resister à la foudre,
C'est la même folie ; on est bientôt en poudre.

    Alix en soupirant, lui répond : Chapelain,
L'Abbesse vous désole et le fait sans dessein.
Simone, de l'erreur victime malheureuse,
Ne voit pas sous nos pieds l'abyme qui se creuse.
La pesante vieillesse affectant son cerveau,
La ramène à l'enfance au bord de son tombeau,
Et cause innocemment votre peine cruelle ;
Il n'en est pas ainsi de Louise et d'Adèle.
Ce nouveau Chapelain, par elles est choisi,
Pour prendre votre place et vous chasser d'ici ;
Vous qui me secondez au milieu des batailles,
Que le monde nous livre autour de nos murailles.

    Ce vieil Anachorète aspire à votre rang,
Ou si je dois en croire un soupçon non moins grand,
C'est de quelques Amans le messager fidèle ;
Surveillons tous les pas de Louise et d'Adèle.
Simone, contre nous leur servait de soutien ;
Mais son règne trop-long approche de sa fin,

Déjà la nuit funèbre entoure sa paupière ;
  Cette Abbesse touchait à son heure dernière.
De son antique corps les ressorts sont usés ;
Elle sent défaillir ses membres épuisés ,
Sous le fardeau des ans , (terrible maladie),
Entre les bras des Sœurs elle tombe sans vie ,
Laissant au vieux Couvent la tristesse et le deuil ;
Ainsi , tout ce qui naît doit descendre au cercueil.
L'épouvantable mort tenant sa faux cruelle,
Plus prompte que les vents , que la vive hirondelle ,
Lorsqu'on la voit raser la surface des eaux ,
Vole , frappe et sur nous étend ses noirs rideaux.
Nous avons à pleurer les auteurs de notre être ,
Et nos enfans bientôt nous verront disparaître ,
Pour tomber à leur tour sous les coups du trépas ;
Tel est l'arrêt du sort contre nous ici bas.
  Simone, de la vie a passé la barrière ;
Mais son âme s'élève au séjour de lumière ;
Ainsi le ver à soie en sortant du tombeau ,
Déploye une aile agile et reparaît plus beau ;
Humblement il filait sous un toit de verdure ,
Enrichissait le pauvre et demeurait obscur.
Maintenant roi des fleurs, superbe papillon ,
Il vole et va briller aux regards d'Apollon.
Telle se dirigeant par des routes nouvelles ,

Simone s'élevait au séjour des fidèles.

Auprès du Firmament un esprit aërien,

Des Mercures de Dieu le chef et le doyen,

Lui découvre, en passant, l'amour des deux Novices,

Et d'Alix en courroux les sombres artifices.

L'Abbesse, toute en pleurs arrive au sein des Cieux,

Le Tout-Puissant l'appelle et se montre à ses yeux:

Sur un Trône d'Azur paraît ce Dieu Suprême,

Ses cheveux sont ornés d'un brillant Diadême;

Son manteau teint jadis au rivage de Tyr,

Comme un large étendard flotte au gré du zéphir;

Sa barbe en se frisant s'étend sur sa poitrine,

Sa divine bonté dans ses yeux se dessine,

Et s'ouvrant au sourire, ses lèvres de corail

Laissent voir de ses dents l'éblouissant émail.

O ma fille! dit-il, reçois ta récompense!

Jouis de mes faveurs, partage ma science;

Ce bonheur éternel, tu l'as bien mérité,

Quand tu n'aurais pour toi que ta simplicité.

Mon âme te rend grace, ô mon Dieu! dit la Sainte;

Mais malgré tes bontés, il me reste une crainte.

Dans la plaine des airs un être lumineux,

M'a dit en revenant de cet Empire heureux,

Qu'Adèle et Louisa, ces jeunes orphelines,

N'ont d'espoir désormais qu'en tes bontés divines;

Le dirai-je, grand Dieu! que l'amour les conduit;

Qu'avec acharnement la haîne les poursuit;

Qúe partout sur leurs pas s'ouvrent des précipices,

Et que le Cloître enfin va perdre ces Novices?

Mon âme sanglottait en quittant ces bas lieux,

Quand je voyais les pleurs ruisseler de leurs yeux;

Quand j'entendais leurs cris. — O mère la plus tendre!

Nous ne devons donc plus ni te voir, ni t'entendre!

Tu viens de t'endormir d'un éternel sommeil,

Jamais nos tristes yeux ne verront ton réveil.

Adieu donc pour jamais! adieu, quel mot funeste!

Sans toi, que devenir? arrête, âme céleste!

D'un affreux désespoir leur cœur est déchiré;

Elles baisent mon front pâle et défiguré,

Et veulent avec moi s'enfermer dans ma bière;

Grand Dieu! secoure-les, écoute ma prière.

Simone, appaise-toi, lui répond l'Eternel,

L'Amour n'est pas pour tous fatal et criminel;

La fleur du vieux Couvent, est désormais sa proie,

Adèle et Louisa n'ignorent plus sa voie.

Le Cloître doit les perdre aujourd'hui sans retour,

Leurs charmes séduisans vont briller au grand jour;

C'est la loi du destin. Toi, vertueuse Abbesse,

Dégage ton esprit d'un reste de faiblesse;

Va jouir, mon enfant, du bonheur qui t'est dû:

3****

Un instant de tristesse est un instant perdu.

Simone se prosterne et s'éloigne en silence,
La troupe des Elus, sur ses traces s'avance,
Les Vierges en marchant forment de divins cœurs,
Jettent à pleines mains des parfums et des fleurs.
La Lande revêtu d'une cotte de maille,
Arrive au milieu d'eux, sur un char de bataille;
Joland est près de lui; son fils, jeune héros,
Tient les guides luisans des superbes chevaux;
Ils placent sur le char la glorieuse Abbesse.
Adèle et Louisa les occupent sans cesse.
On parle des projets de l'avare Tuteur,
On découvre sa ruse, on dévoile son cœur.
Simone, sur son compte aisément se détrompe;
Elle est en sa demeure installée avec pompe,
Aux Novices bientôt elle ne pense plus,
Son âme s'abandonne au bonheur des Elus.

Edmond à ce bonheur semble toucher d'avance,
C'est à l'illusion qu'il doit sa jouissance;
La charmante Louise, objet de ses Amours,
A ses yeux, quoiqu'absente, est présente toujours;
Elle est, sortant du bain, assise sous un orme,
Dont le feuillage épais en tonnelle se forme.
Le désir, la colère, brillent en ses beaux yeux;
Il tombe à ses genoux, tout sourit à ses vœux;

Mais de l'aimable Sœur, se dissipe l'image,
Comme au lever du jour quelque faible nuage,
Que dans la canicule, au sein brûlant de l'air,
La nuit aurait formé des vapeurs de la mer.

Tout-à-coup il entend le son le plus sinistre,
Triste annonce des coups que la mort administre,
Ce bruit produit du choc de l'airain frémissant,
Se prolonge, s'éteint sur un ton gémissant,
Et réveille en sursaut, de seconde en seconde,
Les sonores échos de la forêt profonde.
Tel est parmi les bois le murmure du vent,
Le jeune Edmond troublé s'approche du Couvent ;
Les deux Sœurs le voyant, viennent à sa rencontre,
Dans leurs yeux égarés le désespoir se montre.
Ah ! mes Sœurs, dit Edmond, un malheur imprévu
Au Couvent depuis peu serait-il survenu ?
Le plus grand des malheurs, hélas ! repondent-elles :
On ne peut éprouver de peines plus cruelles,
Simone a succombé sous les coups de la mort !
Nous sommes sans appui maintenant sur ce bord.
Les larmes, à ces mots, leur coupent la parole :
Edmond s'exprime ainsi : votre état me désole,
Le trait du désespoir déchire votre cœur,
Que ne puis-je adoucir cette amère douleur.
Sans doute mes efforts auraient plus de puissance,

Aux rivages chéris où vous prites naissance.

Là , vos parens heureux calmeraient vos tourmens ,

Vos peines s'oublieraient dans leurs embrassemens.

Ces consolations , peut-être , sont voisines.

Hélas ! disent les Sœurs, nous sommes orphelincs !

Ici notre Tuteur enchaîne nos destins ,

Les biens de notre père enrichissent ses mains ;

Sous le toit paternel nous n'avons plus de gîte ,

Trop faibles, nous cédons au vent qui nous agite.

Du Ciel , s'écrie Edmond , espérez le secours !

    Une Religieuse interrompt ce discours ;

Edmond l'apercevant , promptement se retire ,

Au moment que son cœur commençait à bien dire ;

D'un contre-temps si triste il ressent le chagrin ,

Son espoir toutefois a gagné du terrain.

    Alors les jeunes Sœurs , plaintives , désolées ,

Parcourent des jardins les riantes allées ,

Traversent des bosquets les treillages de fleurs

Qui pour elles n'ont plus ni parfum ni couleurs ,

Et s'en vont tristement sur le bord du rivage ,

Chercher d'un bois de pins le solitaire ombrage.

    Une colonne brute , au milieu de ce bois ,

S'élève sur les os d'un Héros d'autrefois ,

Des travaux de ce chef plus ancien que l'Histoire ,

Le bruit n'occupe plus les Filles de Mémoire ;

Mais leurs tombeaux massifs se conservent toujours,
Et resteront debout jusqu'au dernier des jours;
A moins que dans les temps l'avarice ennemie,
Cherchant à découvrir quelque somme enfouie,
N'en mine tour-à-tour les profonds fondemens,
Où ses yeux ne verront que de vieux ossemens,
Restes des demi-dieux qu'honorait l'Armorique.

Les Sœurs viennent auprès de ce tombeau Celtique,
S'occuper de Simone et pleurer son trépas ;
L'Angelus au Couvent, appelle enfin leurs pas.
Hélas ! on préparait la châsse de l'Abbesse !
Le Monastère était plongé dans la tristesse;
Autour de la défunte on entendait gémir,
Déjà le noir caveau s'ouvrait pour l'engloutir.

Chant Quatrième.

Au moment que les Sœurs entraient au Monastère,
Alix, entretenant dans le plus grand mystère,
Antoine, le Bedeau, le Chantre et le Pasteur,
Leur faisait partager le poison de son cœur.
Ecoutez et tremblez, disait-elle, en furie,
Il se trame un complot, je vous en avertis :
L'Ermite est un perfide, un suppôt du démon,
Je ne l'accuse pas sur un léger soupçon;
Du plus grand des revers ce traitre nous menace,
Deux êtres parmi nous secondent son audace;
Le Pasteur les connaît, il vous les nommera.
Le Pasteur en nommant Adèle et Louisa,
Laisse tomber ses mains avec bruit sur son ventre,
Cet effroyable bruit semble sortir d'un antre.
    Le Sacristain troublé fait entendre ces mots :
Ecoutez, Sœur Alix, et vous autres dévots,
Rejetez de vos murs les Novices rebelles,
Et que le pénitent s'en aille avec ces belles.
Eloignons à tout prix ce dangereux voisin;
Livrons-lui sur le champ les objets de sa faim;
Si nous les conservons, notre maison entière

Va passer sous sa griffe et sa dent meurtrière.
Au fond de sa caverne il attend le moment,
Il adoucit son œil et son rugissement ;
Mais sa férocité malgré lui se décèle ,
De rage , à notre aspect , sa prunelle étincelle ;
Sa crinière s'agite et montre un cou nerveux ;
Sa queue avec vigueur frappe son flanc affreux,
Sa voix rauque s'anime, une écume sanglante,
Humecte le contour de sa gueule béante.
Ce féroce lion la terreur des forêts ,
A mes yeux effrayés déguise en vain ses traits ;
Il va fondre sur nous ! Chapelain, crains sa rage,
Crains la funeste dent de ce monstre sauvage.

Le Chapelain tremblant, palit à ce discours ;
Tâchons , dit-il, au moins de conserver nos jours.

Tu trembles, dit Alix , ô Chapelain timide !
Je t'avais jusqu'ici jugé plus intrépide.
Loin d'éteindre le feu qui va nous embraser ,
Avec le Sacristain tu veux donc l'attiser ?
En ce danger pressant , le parti qu'il faut prendre
M'est dicté par le Ciel , et je vais te l'apprendre :

Au sein de cette mer un énorme rocher ,
Le désespoir des flots et l'effroi du nocher ,
Elève son front chauve au-dessus des nuages.
Il voit sans s'effrayer se former les orages ,

Et l'Océan pousser ses coursiers frémissans,
Qui, redoublant toujours leurs efforts impuissans,
Pour abattre l'orgueil de sa tête ennemie,
Sur lui les rangs serrés fondent avec furie.
C'est en vain, ces efforts ne sont pas plus heureux,
Que ceux des noirs esprits ligués contre les Cieux;
L'inébranlable roc se rit de leur colère,
Et toujours triomphant lève sa tête altière.

Un grotte profonde est creusée en ses flancs,
Dans cet antre marin, demeure des goelands,
Conduisez et laissez l'Ermite misérable :
Puisque nous le craignons, sans doute il est coupable.
Pasteur, et vous Antoine, ayez donc plus de cœur,
Laissez-vous entraîner par un sainte ardeur.
Le Chantre et le Bedeau, remplis du même zèle,
Au bord le plus voisin conduiront la nacelle,
Tandis que saisissant ce rebut des humains,
Vous chargerez de fers ses sacrilèges mains.
Allez, je vous promets une prompte victoire;
Sauvez le Monastère, et couvrez-vous de gloire;
Pour moi, pendant ce temps, j'invoquerai les Cieux,
Qui doivent seconder vos efforts généreux.
Ce triomphe obtenu, nous aurons la licence,
De réveiller des Sœurs la première innocence.
Il faut, se défiant de leur docilité,

Dabord sous le verrou les mettre en sûreté.

J'attends votre retour pour oser l'entreprendre ;

Messieurs , sur tous les points nous devons nous entendre ;

Mais avant d'éloigner l'Ermite de ces bords ,

De Simone à l'Eglise allons porter le corps ;

Allons des Trépassés chanter le triste Office ,

En attendant la nuit, à nos desseins propice.

Le noir Conciliabule approuve cet avis ,

Ses Membres par les Sœurs au Temple sont suivis.

L'éloquent Chapelain , prédicateur célébre ,

De l'Abbesse , en ces mots, fait l'Oraison funèbre :

Des Saintes et des Saints , envions l'heureux sort ;

Vivons , mourons comme eux , arrivons à bon port.

Je dois vous l'annoncer, chers enfans de l'Eglise ,

Simone goûte en paix , dans la terre promise ,

Au séjour rayonnant de la Divinité ,

Un bonheur dû sur-tout à sa virginité.

La mort n'a rien fait perdre à sa beauté céleste,

Une tendre rougeur couvre son front modeste :

Tel paraît l'horizon quand Phébus est couché !

O Pasteur ! à ces mots, que ton cœur est touché.

Ils t'annoncent la nuit qui doit voir tes faits d'armes ;

Plus elle est près de toi, plus tu verses de larmes.

A travers les vitraux déjà s'enfuit le jour,

L'ombre chez les Bretons , vient régner à son tour ;

Au coup de main nocturne Antoine se prépare.
De toute ta personne un tremblement s'empare ;
Ton courage te quitte à l'aspect du combat ;
Deux longs ruisseaux de pleurs coulent sur ton rabat.
Non, non, tu n'iras point éprouver la fortune,
Tu te ferais plutôt hacher à la tribune ;
La mère Alix, en vain, voudrait hâter tes pas,
Tu redoubles tes pleurs et tu ne l'entends pas ;
Il serait plus aisé d'animer une pierre ;
De réveiller un mort, ou d'ébranler la terre,
Que de rendre jamais ton cœur plus généreux :
Pour toi, le meilleur poste est le moins dangereux.

Antoine, cependant voyant la nuit venue,
Fait entendre sa voix, tousse, crache, éternue ;
Mais ne peut du Pasteur attirer un regard.
Enfin, las de l'attendre Antoine sort et part,
Et va, non sans frémir, au tranquille Ermitage.

Il aperçoit Edmond, sur le bord du rivage.
Là, ce nouvel Ermite avait porté ses pas ;
De l'Abbesse défunte il n'entend plus les glas ;
Aucun bruit des forêts n'interrompt le silence ;
Du bruyant Océan, l'onde en paix se balance.
O terre ! dit Edmond, et vous profondes mers !
Vous n'êtes qu'un atôme auprès de l'Univers !
Comme un Géant énorme il se montre à ma vue !

La

La vieillesse a blanchi sa tête chevelue ;
Les siècles entassés rident son large front ,
Il embrasse le Ciel et l'espace profond ;
Son âme est en tous lieux ; et cette âme Divine ,
Ayant donné le branle à toute la machine ,
Savoure les douceurs d'un bonheur éternel.
Et moi, que fais-je ici, pauvre petit mortel ?
Je veille pour un rien. Mais ma bouche blasphème !
Louise vaut le Ciel et tout l'Univers même !

O toi ! dont la clarté charme à présent mes yeux,
Phœbé, écoute-moi, sois propice à mes vœux ;
Montre-toi tout entière à l'objet de ma flamme ,
Apprends-lui mon amour, touche pour moi son âme ;
Dis-lui ce que j'éprouve, en attendant le jour,
Où ma bouche lui doit déclarer mon amour.
Déesse de la nuit, telle est ta bienfaisance :
Nos yeux ont joui jadis de ta présence ;
Tu nous sers maintenant , et ton char lumineux
Doit se lever encor pour nos derniers neveux ;
D'accord avec Phébus pour éclairer la terre,
Tu parais quand ce Dieu quitte notre hémisphère ;
Tu tiens lieu de flambeau la nuit au voyageur,
Ton éclat intimide et chasse le voleur ;
Favorable aux humains, aux champs comme à la ville,
Tu répands ta lumière aussi belle qu'utile.

Profitant de ton cours, l'habitant des hameaux
Fait tomber à tes yeux les épis sous sa faux ;
Le nocher lève l'ancre et fend l'onde argentée,
Sitôt que tu te montres à la terre enchantée ;
Et le pêcheur charmé voit alors le poisson
Donner dans ses filets, ou mordre à l'hameçon.
Du chasseur à l'affût tu fais aussi la joie,
Grace à toi, dans son gîte il emporte sa proie ;
Enfin, ton doux éclat est propice à l'amour,
Un Amant te préfère à la clarté du jour.

Il dit : Le Sacristain poussé par la discorde,
S'avançant à grands pas, d'un air sombre l'aborde,
Et sur lui, tout-à-coup, se jetant comme un ours,
Le saisit en criant, au secours, au secours !
Le Prince ténébreux du gouffre insatiable,
Ne remplit pas les airs d'un cri plus effroyable
Lorsqu'il fut abattu par l'Archange-Michel,
Et jusqu'au noir séjour précipité du Ciel.

Le Sacristain en vain ne se fait point entendre,
Son escouade à ses vœux s'empresse de se rendre ;
Tandis que l'ennemi, qui dès le premier choc,
Avait jeté sa barbe, ainsi que son long froc,
Dont les replis cachaient une riche casaque,
Soutient avec vigueur cette terrible attaque ;
Mais survenus soudain, le Chantre et le Bédeau

L'entraînent garotté dans le fond du bateau ,
Qui des bords montueux de la sainte contrée ,
S'élance de nouveau dans les champs de Nerée.
L'onde amère blanchit sous l'agile aviron ,
Le Sacristain debout, (tel on eût vu Caron ,
Conduisant les humains à la rive infernale) ,
Dirige le timon de la barque fatale.

Mais un Dieu quelquefois, lorsqu'on l'attend le moins ;
Vole vers l'infortune et lui donne ses soins ;
Sa voix peut adoucir même un lion farouche ;
Antoine va céder à ce Dieu qui le touche ,
Qui découvre son cœur aux traits de la pitié.
Il s'approche d'Edmond étroitement lié ,
Le mouille de ses pleurs et lui dit à voix basse :
Un sort trop rigoureux , ô mon fils , te menace !
Et moi je travaillais à faire ton malheur !
Tant de férocité n'était pas dans mon cœur :
Ami , tu reverras ta famille chérie ,
Tu devras à mes soins le bonheur et la vie.
Du jeune homme , à ces mots , il détache les mains ,
Il jette et foule aux pieds ses indignes liens ,
Et d'un bras vigoureux détourne la nacelle ;
Il craint, non sans raison , la tempête cruelle.
Le triste cormoran se retirant des eaux ,
Fait de ses cris aigus retentir les échos ;

L'Océan sur lui-même en grondant se replie,
L'Aquilon furieux s'échappe d'Eolie.
Ainsi se précipite un rapide torrent,
Dont au sein de l'hiver l'impétueux courant,
Grossi et soulevé par les eaux de l'orage,
Couvre tout un pays de son affreux ravage.
Effrayés, éperdus, les rameurs à genoux
Implorent le Très-Haut, et les flots en courroux.
Le Sacristain s'émeut au fort de la tempête ;
Levant les yeux au Ciel, à plonger il s'apprête.
Edmond, sans se troubler, saisit un aviron,
Il gourmande Neptune, il combat l'Aquilon ;
Sa rame incessamment repousse l'onde amère,
La barque arrive enfin au port du Monastère.

    Le Chantre et le Bedeau n'ont pas le même sort ;
Les flots les ont jetés sur le funèbre bord.
Te voilà, dit le Chantre, infernale demeure !
Le Ciel m'était promis après ma dernière heure ;
Mais mon plus grand regret est pour le vieux Couvent,
Durant l'éternité j'y penserai souvent.
Petit lit moëlleux, et toi, doux réfectoire,
Oui, vous serez long-temps présens à ma mémoire !
Si l'on peut d'ici-bas prendre par fois l'essor,
Lieux que je chérissais vous me verrez encor !
Mais, où m'emporte un songe ?.. Hélas! dans l'esclavage

Ici je dois rester sans espoir de voyage.

  Ils descendent : soudain la voûte s'élargit,
Le souterrain profond s'éclaire et s'embellit.
Autant qu'au vieux Couvent le Chantre peut s'y plaire,
D'heureux morts éclairés d'un vaste reverbère,
Sans doute moins brillant que les rayons du jour,
S'enivrent d'un nectar vieilli dans ce séjour.
Ami, dit le Bédeau, qu'ici l'on se déride !
On ne nous plante pas dans une terre aride :
Un vin des Dieux y pleut : vive, vive Bacchus !
Le bonheur est par-tout où pétille son jus ;
Ne soyons pas surpris, maintenant, si les ombres
Ne reviennent jamais de ces parages sombres.
Pour moi, j'ai retrouvé mes pénates chéris ;
Je ne regrette plus notre table et nos lits,
Ni de l'oisiveté les agréables chaînes.
Oublions des plaisirs, souvent mêlés de peines ;
Apprécions des Dieux les nouvelles faveurs,
Et sachons tenir tête aux ombres des buveurs.

4***

Chant Cinquième.

Heureusement sauvé des gouffres de Neptune,
Le jeune Edmond bénit l'inconstante fortune ;
Le Sacristain son guide et son libérateur,
Ayant appris de lui le secret de son cœur,
Lui jure d'employer sa force et son adresse,
Pour mettre entre ses mains l'objet de sa tendresse,
Il quitte le rivage. Edmond charmé le suit,
A la porte du Temple, Antoine le conduit.

Alors de ses guerriers ignorant la défaite,
Sainte Alix méditait sans paraître inquiète ;
Et brûlant d'obtenir le suprême pouvoir,
Elle suppliait Dieu de combler son espoir.
Seigneur, lui disait-elle, ah! si dans ton Saint Temple,
De la dévotion Alix donne l'exemple ;
Si le crin du cilice a déchiré ma chair,
Ne te refuse point à mon vœu le plus cher !
Je rétablirai l'ordre en notre Monastère,
Notre Communauté sera la plus austère ;
Je vengerai ta loi, je punirai les Sœurs ,
Tu verras de leurs yeux couler d'amères pleurs ;

Leur orgueil dans les fers humiliera sa tête,

Et de tous les mondains nous ferons la conquête.

Déjà je te réponds d'un de tes ennemis.

Mais Edmond à ses lois n'est pas encor soumis.

Le zèlé Sacristain le guide et le conseille ;

Profitons du moment, lui dit-il à l'oreille,

Ne nous occupons pas de projets superflus,

L'heureux instant manqué ne se retrouve plus ;

Songeons à profiter de l'ombre favorable,

Pour tendre aux jeune Sœurs une main secourable.

Simone a terminé sa carrière aujourd'hui ;

Elles veillent son corps, elles pleurent sur lui,

Tandis que le Pasteur, retranché dans sa chaire,

Prononce un beau discours qu'elles n'écoutent guère.

Le Temple des plus grand est très-mal éclairé,

Entrons et plaçons-nous en un lieu retiré,

Avant que des Nonnains la plaintive cohorte

Ne gagne de ces lieux la solitaire porte.

L'impatiente Alix n'attend que mon retour,

Pour mettre sous la clef l'objet de votre Amour.

Sitôt que du Couvent elle prendra la voie,

Sortez de votre gîte, arrachez-lui sa proie,

Et de ces deux beautés qu'opprime le malheur,

Devenez le Mentor et le consolateur.

4****

Alix de son espoir va donc être deçue !

Allons , qu'à ses foyers chaque Sœur soit rendue !

Au fond du vaste Temple est un profond reduit,

Un étroit escalier en tournant y conduit ;

Antoine avec Edmond se glisse en ce lieu sombre,

Où la chauve-souris, si bien faite pour l'ombre,

Trouve un refuge sûr contre l'éclat du jour,

Et nourrit en secret l'objet de son amour.

Toutes quittent leurs toits ; chaque mère éperdue ,

Emporte ses petits sous son aile étendue ;

Leurs époux effrayans les suivent dans les airs ,

De même sont , dit-on, les ombres aux Enfers.

Le Chapelain les voit et change de figure ,

Leur présence pour lui n'est pas de bon augure ;

Armé de son étole et de son aspersoir,

Il vole de la chaire à ce bataillon noir ,

Qui, craignant sa fureur et sur-tout l'eau-bénite,

Au fond des bas-côtés va chercher quelque gîte.

Fuyez, fuyez, dit-il , horribles animaux !

Vampires , retournez habiter les tombeaux !

A ces mots , avec force agitant sa machine ,

Le long des bas-côtés il lance l'eau divine.

La mitraille n'a pas un plus terrible effet ;

Le sombre bataillon est aussitôt défait ;

Le vainqueur orgueilleux le voyant en déroute,

Majestueusement remonte à sa redoute.

Ainsi, de Mongolfier les disciples hardis,

Vont visiter les Cieux sous leurs toits arrondis.

La triste Défiance éveillée à toute heure,

S'approche en ce moment de la sainte demeure,

Envelloppe son corps d'un long habit de deuil,

Et du portail sacré franchit l'antique seuil.

Alix, Alix, dit-elle, en répandant des larmes,

Au milieu du péril vous êtes sans alarmes !

L'odieux Sacristain trahit votre parti,

Le Chantre infortuné, pour l'Enfer est parti,

Et le pauvre Bédeau, digne de votre estime,

Est aussi du trépas devenu la victime ;

Vos ennemis mortels respirent dans ces murs,

Tremblez, leurs bras unis vont frapper à coups sûrs.

Elle dit, et des airs son aile prend la route.

Alix la suit de l'œil jusqu'au haut de la voûte,

Et ne pouvant cacher le trouble de ses sens,

Elle lance aux deux Sœurs des regards menaçans.

Ah ! dit-elle, voilà les pommes de discorde !

Envers elles, grand Dieu, sois sans miséricorde

La haîne en ce moment ne parle point en moi,

C'est l'amour du Couvent, c'est un pieux effroi.

Hâtons-nous , hâtons-nous de punir ces Vestales !
A notre saint repos elles sont trop fatales.

Au milieu de la nef elle appelle les Sœurs,
Qui viennent à sa voix, en répandant des pleurs.
A leurs humides yeux sa fureur se déguise ,
Elles suivent ses pas et sortent de l'Eglise.

Alors , voyant pour lui se tourner le destin ,
Edmond impatient laisse le Sacristain.
Au milieu de sa course , (ô surprise charmante !)
L'impétueux Bremor à ses yeux se présente !
Tous deux en invoquant l'heureux fils de Cypris,
S'élancent sur les pas de la cruelle Alix ,
Qui ne pouvant courir de la même vîtesse,
Abandonne sa proie au Dieu de la tendresse :
A leur soudain abord dans l'ombre elle s'enfuit ,
De même qu'un hiboux , sombre enfant de la nuit.

Revenue à l'Eglise où tout est dans le trouble ,
Elle aperçoit Antoine et sa rage redouble.
Perfide, lui dit-elle, agent de Belzébut ,
Vous avez par la ruse atteint à votre but !
Le démon par vos soins jouit de sa conquête ;
Mais pour vous écraser, une foudre s'apprête ;
Dieu veuille , que du Ciel devenant l'instrument ,
Je puisse présider à votre châtiment !

Antoine lui répond : je crains peu votre haîne ,
Auriez-vous au Couvent la place souveraine !
Votre projet sans doute est de nous gouverner ;
Mais la crosse à vos vœux ne doit pas se donner ;
Une autre est par son âge et sa haute sagesse ,
Plus digne de porter le sceptre de l'Abbesse.
C'est Sainte Elisabeth , qui sur l'essieu du temps ,
A vu passer ici quarante-neuf printemps ;
Ses bonnes qualités , son heureux caractère ,
Vont faire le bonheur de notre Monastère ;
Sa fermeté pourra , malgré votre dépit ,
Contenir et dompter quelque mauvais esprit.

Il sort : le Chapelain et toutes les béguines ,
Dans les bras du repos vont attendre matines.

Revenons aux deux Sœurs : les rapides coursiers
Les portent d'une course au sein de leurs foyers.
Leur satisfaction ne saurait se dépeindre :
On ne les entend plus soupirer ou se plaindre ;
Les voisins accourus partagent leur gaîté ,
Chacun se met à table et boit à leur santé.
A la fin du repas, Edmond , au lieu de boire ,
Aux convives joyeux raconte son histoire.
Tel le pieux Enée , à la belle Didon ,
Retraçait les combats et les maux d'Ilion ;

Ainsi l'Amour surprit le cœur de la Princesse ,
Ainsi de Louisa s'augmente la tendresse.
Long-temps , lorsqu'en ces lieux tout goûte le repos ,
La belle appelle en vain les soporeux pavots,
De son heureux Amant voit l'aimable figure ,
Et croit l'entendre encor conter son aventure.
Adèle , pour Bremor, ressent les mêmes feux ;
Le sommeil cependant vient fermer leurs beaux yeux.
  Mais tandis que les Sœurs ont la paupière close ,
La troupe de Penmar à l'assaut se dispose ;
Marchant à pas de loup , elle entre dans la cour ,
L'Aurore matinale ouvrait la porte au jour :
Elle voit ces guerriers s'avancer sur deux files,
Attacher leurs chevaux devenus inutiles ,
Et monter hardiment les degrés du perron ,
Lance en main , casque en tête, épée au ceinturon ;
Du geste et de la voix Penmar les encourage ,
De la place surprise il promet le pillage ,
Et des distinctions au plus brave soldat :
Il donne en pâlissant le signal du combat.
Aussitôt à grand bruit on enfonce la porte ;
La foule frémissante à la cave se porte.
De même en bourdonnant , un peuple de frelons ,
De l'abeille au printemps vient piller les rayons ;

Mais du miel précieux les gardes aguerries,
Chassent à coups de dards les hordes ennemies.
Les deux chefs restés seuls au bas de l'escalier,
Rappellent les Soldats, qui comblent le cellier;
Ceux-ci découragés, trouvant la place vide,
Regardent vers la porte et veulent tourner bride.
Enfans, disait Penmar, ne m'abandonnez pas,
Ecoutez votre chef, revenez sur vos pas.
Là, sont les magasins; montez en assurance;
Auriez-vous donc perdu toute votre vaillance?
Si vous exécutez votre honteux dessein,
Où nous cacherons-nous? en quel creux souterrain?
Les mépris, les chansons où l'on saurait nous peindre,
Voilà les ennemis que nous avons à craindre;
Marchons, car il est temps de signaler nos bras,
Vous ne tremblerez plus après le premier pas.

Touché de ce discours, le brave garde-chasse,
Sans-Peur, monte à l'assaut, tous volent sur sa trace.
L'espoir de conquérir un immense butin,
Le fait se resigner à son noble destin.
Trop long-temps pour ses vœux la bataille retarde;
Mais ayant vu de près luire une hallebarde,
Il revient se ranger parmi ses compagnons,
Qui prennent l'épouvante et montrent les talons.

Lors chacun se livrant à la terreur panique,
Jette, pour mieux courir, son épée et sa pique;
Mais, Penmar et son fils, déjà parmi les bois,
A grands coups d'éperons poussaient leurs palefrois.
    Adèle et Louisa, de myrte couronnées,
Et de même que Flore élégamment ornées,
Suivirent les vainqueurs à l'Autel de l'hymen :
On ne renvoya pas la fête au lendemain.

F I N.

Mon dernier Chant

Et mon Délire

Au Lit de Mort.

Suis-je malade imaginaire ?
Non , je me meurs réellement ,
Et le cortège funéraire
S'apprête à mon enterrement.
    Jeunes beautés , graces divines ,
Modèles de mes héroïnes ,
Sur ma tombe jetez des fleurs ,
Et laissez couler quelques pleurs.
    Veille, plaintive Philomèle ,
Sous la chevelure des bois ;
Cette nuit ma Muse t'appelle
Pour t'entendre encore une fois.
    Et toi , lumineuse Déesse ,
Ecoute mes tristes accens ;
Je t'ai chantée en mon ivresse ,
Accepte mon dernier encens.
    Diane , sois toujours le guide
Et le fanal du voyageur ,

Montre au berger le loup avide,
Et déconcerte le voleur.

Que la mort, remplissant sa tâche,
Moissonne et ravage ces lieux ;
Tu n'en suis pas moins sans relâche,
La même route dans les Cieux.

Hébè toujours te rend hommage,
Tu sembles commencer ton cours,
Cependant auprès de ton âge,
Que les jours des Peuples sont courts !

Ainsi que la nuit ténébreuse,
Le temps s'incline devant toi.
Malgré sa faux, la mort hideuse,
Ne peut te soumettre à sa loi ;
Et si l'audacieuse nue
Obscurcit et cache tes traits,
Tu reparais à notre vue,
Bientôt plus belle que jamais.

Pourrai-je encore après ma vie,
Me livrer à la rêverie
Qu'inspire ta douce lueur,
Qui , dans les bois, les paysages,
Forme de fantasques images
Et charme les yeux et le cœur ?

Je

Je me représente ces veilles,
Où tu me montrois tes appas ;
J'erre au milieu de tes merveilles
Et je m'arrête à chaque pas.
Tantôt je contemple un vieux chêne,
Dont le sommet semble argenté,
Tantôt j'admire dans la plaine,
Un lac formé par la clarté.

Je prolonge chez les Driades
Et chez les sauvages Sylvains
Mes solitaire entretiens
Et mes nocturnes promenades.

Là , je découvre les débris
D'un Temple d'où partent des cris ;
Tu m'éclaires dans son enceinte ,
Et je vois dans la niche sainte ,
Autrefois l'asile d'un Dieu,
Un hiboux seigneur de ce lieu ,
Qui pour te charmer fait entendre
Sa voix plus lugubre que tendre.

Je traverses ces bois charmans ,
Tout parsemés de diamans
Que la rosée à fait éclore ,
Et que ta lumière colore.

Mais l'horison illuminé

Frappe mon regard étonné.

Déjà l'Aurore matinale

Quitte sa couche nuptiale :

Aurore, tes pleurs me sont dûs,

Pour toi je ne chanterai plus.

Un Esculape très-habile,

M'a dit : vous êtes plein de bile ;

Le pouls n'est pas bon, votre mal

Peut vous priver du feu vital.

Trois fois il a pris ses lunettes,

Trois fois interrogeant mes yeux,

De mon état les interprètes,

Il s'est écrié, point de mieux !

Après et saignée et clistère,

Enfin j'ai reçu mon arrêt ;

Pour passer mon ombre légère,

Le bateau de Caron est prêt.

D'une Parque, l'affreux fantôme

M'avertit de finir ce tome,

Et d'aller parler à Pluton,

Sur la rive du Phlégéton.

Pour me présenter au passage,

Hélas ! je n'ai pas un denier,

L'épouvantable batelier
Me fera grace du péage.
  Ainsi maints Auteurs sont partis
Pour là-bas, sans rien dans la poche,
Mercure, dans le sombre coche,
Aussi moi, m'embarque gratis.